HANNE TÜRK

PHILIPP EINEN FREUND VERGISST MAN NICHT

TEXT VON NORBERT LANDA

Es war ganz schön spannend, als die neuen Nachbarn einzogen.
„Hoffentlich sind sie nett!" sagte ich zu Tiger.
„Hoffentlich mögen sie Katzen. Hoffentlich sind sie nicht langweilig. Hoffentlich..."

Dann klingelte es an der Tür. Und da standen sie – die neuen Nachbarn! Sie hießen Kurt und Holda, sie waren nett und lustig, und sie hatten Katzen gern.
Und sie erzählten, daß sie einen tollen Rasenmäher hätten: Vierradantrieb, Servolenkung, schaumgebremste Rasenschnitt-schleuder – das mußte ich sehen!

Am nächsten Morgen gingen Tiger und ich hinüber. Der Rasenmäher war wirklich erste Klasse. Ich durfte den ganzen Tag damit fahren. Tiger hatte leider keinen Spaß daran. Er verstand nichts von Rasenmähern. Und überhaupt konnte er nichts ausstehen, was Krach machte.

Als der Rasen gemäht war, sagte Holda voller Stolz: „Das war noch gar nichts. Wir haben auch einen vollautomatischen Turbo-Küchenmixer! Den müßt ihr euch morgen unbedingt anschauen!"

Am Abend war ich todmüde. Tiger wollte noch einen Spaziergang machen, wie jeden Tag. Aber ich hatte keine Lust.
„Ich habe heute den ganzen Tag Rasen gemäht", sagte ich, „und jetzt brauche ich meine Ruhe. Das mußt du verstehen. Morgen wieder!"

Am nächsten Morgen, gleich nach dem Aufwachen, fiel mir ein: Hatte Holda nicht etwas von einem fantastischen Küchenmixer erzählt? Den mußte ich ausprobieren!

Tiger wollte nicht mitgehen.
„Aber das sind doch so liebe Nachbarn!" sagte ich. „Die können wir nicht im Stich lassen. Also komm!" Tiger schüttelte bockig den Kopf. Na schön – dann sollte er eben zu Hause bleiben!

Die Küchenmaschine war großartig. Diese Geschwindigkeit! Diese Technik! Dieser Lärm! Man mußte nur Gemüse putzen, dann machte sie von selbst alles klein, und schon war ein Gemüseeintopf fertig. Dann der zweite... und der dritte... Schließlich hatten wir ungefähr zehn oder zwanzig Gemüseeintöpfe. Einen gab's zum Abendessen. Die anderen kamen in die Tiefkühltruhe.

Als ich abends nach Hause kam, schnurrte Tiger, und ich erzählte ihm alles. Ich erzählte ihm auch, daß Kurt und Holda eine tolle Malerausrüstung hatten, und daß ich am nächsten Morgen wieder hingehen wollte.

Da hörte er auf zu schnurren. Von Kurt und Holda mochte Tiger nicht viel wissen. Überhaupt war er nicht so wie sonst. Er kam mir plötzlich auch ein wenig blaß vor. Vielleicht war er zuwenig an der Sonne gewesen? Oder war er bloß müde?

„Schlafenszeit, Tiger!" sagte ich.

Aber Tiger wollte noch nicht ins Bett. Er wollte sein Futter. Oje, sein Futter hätte ich fast vergessen. Das kommt davon, wenn man selber satt ist.

M
Extra

Am nächsten Tag nahm ich Tiger wieder mit. Er sollte ruhig sehen, wie gut ich mich mit den neuen Nachbarn verstand und wie toll ihre Malersachen waren. Kurt und Holda hatten eine superbreite Malerrolle mit einer Stange zum Ausfahren. Dazu acht Pinsel und Malermützen in verschiedenen Größen und natürlich eine Leiter.

„Darf ich mal?" fragte ich begeistert. – Die neuen Nachbarn waren wirklich sehr nett. Sie ließen mich alles ausprobieren. Und das Haus hatte einen neuen Anstrich auch nötig, innen wie außen. Ich kam bestens zurecht. Alles lief wie geschmiert. Nur Tiger stand ein wenig im Weg herum und knurrte beleidigt.

Auf dem Heimweg knurrte Tiger noch immer, und zu Hause war er dann plötzlich ganz still.
„Ich finde es gar nicht gut, wie du dich anstellst", sagte ich und drehte mich nach ihm um. „Wo bist du überhaupt?"
Ich sah ihn nicht. Er saß nicht im Korb und nicht im Sessel und fuhr auch nicht auf dem Gang auf und ab. Das hätte ich gehört.
„Tiger, wo bist du?" rief ich voller Schreck.
„Maunz", sagte Tiger.
„Wo?" rief ich.
„Maunz", wiederholte Tiger. Seine Stimme war schwach. Sie kam vom Sofa her.
Da sah ich ihn endlich. Heiliger Zuckerfuß, war Tiger blaß geworden.

„Tiger, Tiger!" rief ich und nahm ihn auf den Arm.
„Wieso bist du so blaß? Bist du krank?"

Tiger hatte keine Krankheit. Er hatte Kummer über Kummer.
Die letzten drei Tage hatten ihm sehr zu schaffen gemacht.
Immer allein, kein Spaziergang, kein gemeinsames Abendessen, keine Gute-Nacht-Geschichten.
Und warum? Wegen eines blöden Rasenmähers.
Wegen einer dummen Küchenmaschine.
Wegen einer doofen Malerrolle.
Wie ich mich schämte!

Die ganze Nacht über grübelte ich.
Wie konnte ich das wieder gutmachen?

Tiger schlief tief und fest.

Wie konnte ich ihm zeigen, daß er mir wichtiger war als alles andere auf der Welt. Da hatte ich eine Idee.

„Die Schaukel", flüsterte ich so leise, daß Tiger nicht aufwachte. „Kurt und Holda haben eine tolle Gartenschaukel. Und morgen werden wir beide gemeinsam schaukeln! Solange du willst!"

Am nächsten Tag nahm ich Tiger wieder mit zu den Nachbarn.

„Los, ihr beiden", rief Holda.
„Setzt euch auf die Schaukel
und haltet euch beide gut fest.
Ich schubse euch mal an!"
Tiger jauchzte vor Vergnügen.
Ich biß die Zähne zusammen.
Auf und ab und hoch und tief
und immer höher flog die Schaukel.
Tiger wurde immer fröhlicher.
Mir wurde immer übler.
Doch Tiger kümmerte sich nicht um mich.
Es war, als hätte er mich vergessen.
Ich wollte „Aufhören!!!" schreien.
Doch ich brachte keinen Ton heraus.

Endlich hielt Kurt die Schaukel an. „Ist dir nicht gut?" fragte er.

Nein, mir war nicht gut. Tiger leckte fröhlich an einer Tafel Schokolade, und allein vom Zusehen wurde mir noch schlechter. Ich wollte nur nach Hause, nach Hause, nach Hause...

Himmel, fühlte ich mich elend!